진달래 대표 신앙시집

본향을 향하여

오태영 지음

예수믿고 천국가기를 바라며 사랑하는 분에게 드립니다.

진달래 대표 신앙시집

본향을 향하여

오태영 지음

진달래 출판사

본항을 향하여

인 쇄 : 2023년 12월 14일 초판 1쇄
발 행 : 2023년 12월 25일 초판 1쇄
지은이 : 오태영
펴낸이 : 오태영(Mateno)
출판사 : 진달래
신고 번호 : 제25100-2020-000085호
신고 일자 : 2020.10.29
주 소 : 서울시 구로구 부일로 985, 101호
전 화 : 02-2688-1561
팩 스 : 0504-200-1561
이메일 : 5morning@naver.com
인쇄소 : TECH D & P(마포구)

값 : 10,000원
ISBN : 979-11-91643-99-2(03810)

차례

서문(序文)

　책을 좋아해 읽고 글을 쓰면서 나를 알아가는 행복한 인생을 살았습니다. 독생자를 주시면서 우리를 사랑하신 하나님을 알고 목숨을 바쳐 우리 죄를 대속하신 예수님 때문에 감사하며 살았습니다.

　독서모임을 통해 책을 읽고 서로 생각을 나눈다는 것은 참 멋진 일입니다.

　구원받은 은혜에 감사하며 고백한 신앙시를 모아 시집을 내면서 가슴이 떨리지만, 신앙생활하면서 언제 어떻게 느끼고 썼는지를 생각나는 대로 적어 그때의 나를 돌아보고 시대를 추억하며 믿음을 나누고 싶습니다.

　제게 아낌없는 기도로 사랑해주신 윤석전 담임목사님과 모친을 비롯한 가족, 친지 모두에게 감사드리며 이 책을 쓰도록 이끄신 하나님께만 모든 영광을 올려 드립니다.

　　　　　　2023.12 수정재에서
　　　　　　오태영

기도하며

말이 아닌 삶을 통해
내 안에 있는 예수를
보여 주고 싶네

하나님을 두려워하며
정결한 삶을 위해
노력하고 싶네

외모 아닌 성품과 인격으로
물질 아닌 믿음과 사랑으로
단장하고 싶네

당신의 영혼을 살리기 위해
진정으로 섬기기 위해
늘 기도하며 살고 싶네
늘 기도하며 살고 싶네

사랑의 하나님

몸이 몹시 아팠습니다.
구석구석 마디 마디마다
한 군데도 빠뜨리지 않고
저를 괴롭혔습니다.

제 몸은 상한 갈대보다
꺼져가는 등불보다 더 비참했습니다.

저 자신을 한탄했습니다.
제 몸을 저주했습니다.

그러나, 저는 참을 수가 없었습니다.
하나님을 원망했습니다.

하나님! 하나님! 하나님!

당신의 사랑하는 자식이 병으로
신음하고 있습니다.
제 몸을 저주하고 있습니다.
한탄하고 있습니다.
아픔에 괴로워하고 있습니다.

기도를 드렸습니다.
제 몸을 사랑으로 감싸주시길
기다렸습니다.
그리고 참았습니다.
아! 당신은 저의 참 아버님이셨습니다.
병중의 저를 구하시려고
먼 길을 홀로 찾아오셨습니다.
몸소 발자국도 없이.

이제 저는 괴로워하지 않습니다.
제 몸을 한탄하지 않습니다.
저주하지 않습니다.
하나님께서 주신 제 작은 목숨
하나님을 위해 살겠습니다.

저는 사랑을 깨달았습니다.

믿음을, 소망을, 희망을, 참음을.

삶이 힘들고 어려울 때는 나를 괴롭히는 마귀를 바로 보고 인정하고 그와 영적 전쟁을 선포하고 기도해야 합니다. 기도를 통해 지난날 잘못을 회개하고 상대의 잘못을 용서하고 하나님의 은혜를 구하면 하나님이 기뻐하는 삶이 되리라고 생각합니다.

진짜 중요한 전쟁터는 기도의 자리입니다. 내가 기도에 승리하면 악한 영과 귀신이 쫓겨나고 삶이 변화됩니다. 연세중앙교회는 그런 면에서 볼 때 매일 밤 전쟁터에서 승리할 '전 성도 기도회'를 열고 기도하게 해 영적 승리를 안겨 줍니다. 우리 모두 영적인 전쟁에서 승리하기를 소망합니다.

부활(復活)

죄의 구렁이 보입니다.
악으로 뒤덮인 그 세계가
희망으로 향하던 마음이
갑자기 절망의 씨앗이 되었습니다.

죄의 구렁이 보입니다.
악으로 뒤덮인 그 세계가
선을 이루려는 행동이
갑자기 악의 뿌리가 되었습니다.

절망의 씨앗이, 악의 뿌리가.

그건 정말 순식간의 일이었습니다.
마음의 뜨거운 불이
차가운 얼음으로 된 것은

그건 정말 순식간의 일이었습니다.
착하기만 하던 행동이
악의 수호신처럼 된 것은
악의 수호신처럼

내 마음의 얼음이
점점 굳어지고 있을 때
하나님께서는 광명의 빛으로
저에게 오셨습니다.
뜨거운 광명의 빛으로

마음속은 불같은 뜨거움으로
어지럽게 타오르고 있습니다.
어지럽게만

아! 그것은 생의 몸부림,
삶의 고통이었습니다.
한순간 얼음이 녹으려는지
마음속은 참혹한 가시관의 고통이
있었습니다.

아! 정말 그것은 생의 몸부림,
삶의 고통이었습니다.
한순간의 고통은 녹아갔습니다.
광명의 뜨거운 빛으로

새 생명으로 돌아온 마음은
기쁘게 뛰놀았습니다.

참다운 자유로 돌아온 행동은
기쁘게 뛰놀았습니다.

다시 산 그 기쁨은
희망이요, 소망이요, 믿음입니다.

그저 되는 일은 하나도 없습니다. 누군가 흘린 수고
의 땀방울이 묻어 있습니다. 하나님의 사랑하심이 있
고, 사랑받은 성도들의 피땀이 녹아 있습니다.

은혜

그에게는
뭔가 느껴지는 게 있다.

보이지 않는 사랑

나는 그를 하늘에서 보았고
또
비참한 인간(人間)의 땅에서도 만났다.

이게 하나인 줄만 알았는데
밤새도록 속삭이는 정성

대낮에도
하늘은 살아 있듯이

온 밤을 두고도 불러주는 노래

그에게는
범할 수 없는 미지(未知)의 힘이 있다.

성경은 지도와 같습니다. 성경을 지도 삼고 보면서 목적지로 안내해 가는 하나님의 섭리를 아는 길은 예수님으로만 가능합니다. 모르는 길을 갈 때 지도를 보고 어느 방향으로 가는지 대강 짐작하면 훨씬 쉽게 목적지에 도달합니다.

마찬가지로 성경으로 하나님의 구원사역을 미리 알고 길이신 예수님을 따라가면 천국이라는 목적지에 편안히 갈 수 있습니다.

전설(傳說)

아름다운
이야기가 있습니다.

마음을 착하게 가져
보물을 찾아 서로 나누었기에

불구(不具)는 정상으로
시각장애인은 눈을 뜨고

결국
선(善)은 이기고야 말았습니다.

옛날이야기는
이렇게 전해져 옵니다.

모두에게
착하고 좋은 일만 하라고

오늘은 새로운 이야기를 만들 겁니다.

어떤 이는 세상살이가 어렵고 힘들다고 합니다. 그럴수록 우리는 기도하니 감사하고 행복합니다.
또 다른 이는 세상이 평안하고 잘되어간다고 합니다. 그럴 때도 우리는 기도하니 감사하고 행복합니다. 범사에 감사하면 우리는 늘 기도할 수 있고 늘 행복할 수 있습니다.

나보다 더 나를 사랑하신

지극히도 이기적인 나의 모습에
내가 자꾸만 미워집니다.

저 푸른 하늘에 자유롭게 나는 새처럼
그렇게 훨훨 날아갈 수 있으면
조금씩이라도 나의 성(城)을
벗어날 수 있을 텐데

우주에 만연한 사랑의 기운
대자연의 신비를 온몸에 받고
역사의 결실체로 이 땅에 선 우리

나보다 더 나를 사랑하신
주님의 따뜻한 호흡 속에서
내 생을 이어간다.

한 모금의 공기, 한 방울의 물
한 줄기의 햇볕에도 목말라야 할 우리에게
그 님은 오묘하게 우리를 지켜준다.

더 고민하지 않도록
때로는 폭풍우로 때로는 가뭄으로
안타깝게 키워온 역사의 물줄기 속에서

나보다 더 나를 사랑하신
그분의 발자취는
어려운 시련에 우리를 안으셨다.

인류에게 희망이 있음을
무지개로 알려주신 그 임이 있기에
우리의 삶이 그처럼 아름다운 것을

고난을 우리에게 잠시 오는 과정이라 생각하는 사
람은 힘들지 않습니다. 고난의 대가를 확실히 믿기 때
문입니다. 먹고사는 일에 새벽같이 나가고 욕을 먹으면
서도 참는데 영원한 천국 가는 길에 당하는 어려움은
이거야만 합니다. 그만큼 가치가 있기 때문입니다.

소망(所望)

보이는 실상(實像)을 보고
바라지는 않습니다.

정말 중요한 것이
보이지 않기에 소중하듯

우리 사랑은
소망을 타고 퍼져 갑니다.

오늘은 비록
헤어져 바라보고만 있지만

내일은 기쁨으로
만날 것을 확신합니다.

이 밤, 별은 서서 축복하는데

뜨거운 가슴은
찬란히 빛납니다.

지금 이 시대에 내가 예수 믿고 살아가니 감사하고 나라와 민족이 어려울 때 내가 기도할 수 있어 감사하고, 내가 힘들어도 응답하실 주님을 보며 감사하고 내가 잘했을 때 할 힘을 주신 하나님께 감사하면 내 삶이 범사에 감사하며 행복하게 살 수 있습니다.

우리 모두 범사에 감사하여 행복한 인생을 살기를 소망합니다.

가을엔

이 가을에는
내게로 떠나는 여행을 꿈꿔 봅니다.
마음속에 굳센 희망을 키워
차근차근 걸어가야죠.

언제나 혼자뿐인 결말이 아니라
주님과 함께 돌아오는
경건의 시간이면
더욱 좋겠습니다.

남은 남들을 소중하게 생각하고
주님 주신 사랑으로
모든 사소한 일상을
사랑해야죠.

주님의 이름을 내세우지 않더라도
해맑은 우리의 가슴
겉으로 드러내진 않아도
내재한 신앙의 아름다움
우리 이 가을엔 더욱 성숙해야죠.

지금의 나 된 것은 모두 주님의 은혜입니다. 내 모습을 이대로 받으시는 주님 때문에 감사합니다. 내가 약하고, 힘없고, 병들고, 의지할 곳 없을 때 나를 안아 주시고 길과 진리가 되셔서 지금까지 인도해 주신 주님께 감사하지 않을 수 없습니다. 나를 부하게도, 가난하게도 하지 않으시고 예수 믿을 수 있는 지금의 나로 만들어 주신 것에 감사가 밀려옵니다.

믿음으로

주님이 나를 믿었습니다.
내게 독생자를 주셨습니다.

내가 주님을 믿습니다.
주님이 나를 살립니다.

주님이 나를 부르네요.
나도 주께 달려갈래요.

주님이 보혈을 흘렸습니다.
내게 구원을 주셨습니다.

내가 주님을 사랑합니다.
주님이 나를 건집니다.

주님이 나를 반기네요.
나도 주만 찾아갈래요.

주님께서 원하시는 것은 하나님을 향한 사랑이며, 그 사랑의 표현으로 이웃을 사랑하라고 하셨습니다. 하나님을 사랑한다고 하면서 형제를 미워하는 사람은 거짓말쟁이입니다. 눈에 보이는 형제를 사랑하지 못하는 사람이 보이지 않는 하나님을 사랑할 수 없습니다.

산행(山行)

서늘한 햇살 벗 삼아 오르는 산행에
숨 가쁜 고통이 밀려오면
터벅거리며 지친 발걸음을 잠시 멈춰본다.

십자가 모진 고통당하면서
주님이 골고다 언덕을 올라가며
한사코 이어가는 고통스러운 강행군
십자가의 길.

죄 없으신 하나님의 아들이
나의 죄를 대신하고자 겪는 험난한 산행에
오히려 더딘 내 모습이 서럽기만 하다.

그가 찔림은 우리의 허물을 인함이요
그가 상함은 우리의 죄악을 인함이라

그가 징계를 받음으로
우리가 평화를 누리고
그가 채찍에 맞음으로
우리가 나음을 입었도다.

현실의 고통이 내게 밀려와도
세상의 유혹이 내게 달려와도
내가 받은 사랑 때문에 이길 수 있고

주위의 오해가 내게 쏟아져도
육체의 아픔이 내게 찾아와도
내가 받은 사랑 때문에 넘을 수 있다.

복음 들고 땅 끝까지 가는 발걸음에
사랑 들고 널리 이웃에게 향하는 손길에
영혼의 기쁨이 넘치고
퍼져 가는 구원의 소식이
늘 희망스럽기만 하다.

마지막 달을 맞으며

한 해 동안 숨 가쁘게 달려온 것이
내 수고인 것은 아니지만
그래도 무언가 남기고 싶고
자랑하고 싶은데
피 쏟으신 주님 사랑 되새기면
한없이 초라해진 내 모습만 보입니다.

죽어가는 수많은 영혼을 보면서
하나님의 사랑을 전하지 못함이
나의 일 아니라고 수수방관한
부끄러운 내 아픔이 되니
이 안타까움이 불쌍한 내 모습입니다.

만나는 사람마다
주님 사랑으로 대한다고 하지만

알지 못하는 이들에게는
그저 지나가는 넋두리인 것을 알면서도
전하지 않으면 안 될 십자가 주님 때문에
오늘도 내 이웃의 영혼들을 돌아봅니다.

올해 내게 주어진 날도 많지는 알아
세월의 빠름을 느끼면서도
이루지 못한, 거두지 못한
내 영혼의 서글픈 사정을 뒤로하고
또다시 새해를 기다립니다.

묵혀버린 마음 밭을 다시 흙갈이하고
주님 사랑의 씨를 뿌려
내 속에 영혼 구원의 꽃망울을 피우고
삼십 배, 육십 배, 백 배
더 많은 열매를 맺고 싶습니다.

아침의 사람

저녁이 지난 후
칠흑 같은 고난의 밤을 겪고
비로소 서는 아침의 사람
찬란히 떠오르는 여명의 발자취

모진 고통과 시련 속에서
아름다운 한 송이 꽃을 피우듯
상쾌한 아침
그 해맑은 아침의 사람

기나긴 날이었기에 더 큰 의미로
우리 앞에 다가와 우리가 되어
개나리, 진달래, 봄맞이 잔치를
한바탕 흐드러지게 열어볼까나

저녁이 지난 후
안에서 솟아나는 설움을 이기고
비로소 기뻐하는 아침의 사람
맑고 푸르게 해 뜨는 우리의 비전

인생을 창조한 하나님이 계셔서 천지 만물을 주고 살아갈 조건을 만들어 주셨으니 감사합니다. 우리 조상 아담이 죄를 범했을 때는 한없는 부모의 사랑으로 구원의 길을 열어주셨습니다. 마침내 독생자 예수 그리스도를 보내 우리의 모든 죗값을 치르려고 십자가에 피 흘려 죽이기까지 사랑으로 섬겨 주셨습니다. 사랑받은 우리가 할 일은 오직 사랑하는 일입니다.

새벽같이 다가오는 희망

눈뜨자마자 휘영청
단 세상 새로운 삶

뭔가 좋은 일이 있을 것 같은
조그마한 예감을 믿고
힘차게 내딛는 새벽

서러운 어제는 과거로 돌리고
밝고도 희망찬 아침을 맞는다.

지나간 아픔이 알알이 맺힌
어둠 한구석을 열어젖히며
오늘이라는 시인을 맞이한다.

미로 같은 어둠을 이겨

희망을 가르치는

자꾸만 내 안으로 침잠하는 에고를 깨워
노래한다.
찬란한 새 아침
희망의 나팔

우리 자녀가 나라에 필요한 일꾼으로 성장해야 우
리나라 앞날이 밝다. 학교에 가서 공부하고 연구하여
학자의 길을 가든, 사회에 나가 취업을 하든 모두 중요
한 일꾼이다. 자녀가 적성과 소질에 따라 직업을 선
택하고 사회에 이바지함으로써 보람을 얻게 해야 한
다. 자기에게 주어진 달란트를 발휘하여 이 땅에 태
어난 목적을 달성하는 삶이 성공한 인생이다.

푸른 하늘이 저렇게만 슬퍼하니

서글픈 물감이
저렇게도 번져있는 하늘

안으로 억눌린 설움 못내 삭이며
기어이 지르는 함성
시커먼 울음이어라.

우리네 살림살이
서러운 노래를 듣고
슬픈 눈물을 읽고

하늘가 주름진 이마
푸른 하늘이 자꾸만 울먹이는 그리움
목 타는 안타까움이
오늘도 잠 못 이루는 우리에게

더 큰 아픔을 듣게 한다.

티 없이 맑은 하늘
그 순수한 영혼을 위한 울부짖음
희망찬 고동이여!

신앙의 길을 가면서 내 인생을 뒤돌아보게 된다.
세상을 살아가면서 한편으로는 내세를 소망하며 부지
런히 살아온 세월이다. 비록 세상에서는 아쉬움이 있
을지라도 영원한 나라에서는 기쁨과 평안만이 가득하
기를 소망한다.

그리운 나라

내가 자란 대지에는
푸르른 그리움이 자라고 있습니다.

더욱 큰 꿈을 간직하고 살라며
소중한 진실을 아지랑이처럼
피우고 있습니다.

삶의 험준한 산을 넘다가
지치고 외로울 때면 언제나
마음이 되살아오는

내 그리운 나라
서럽도록 아름다운 꿈의 고향

날마다 아침이면 새로운 마음

그 행복한 향기를 맡을 수 있고
마주치는 이웃 한 사람 한 사람이
소중한 얼굴

아이는 그렇게도 맑은 눈동자를
하고 있습니다.
시원스러운 새벽 공기를
가슴으로 살며시 느껴보는
그 미지의 나라로

별처럼 지지 않는 순수를
늘 찾아야만 합니다.

푸르른 하늘이 작은 햇살을 뿌리고
가을이 되면 맘껏 풍요로운 대지에서

내 그리운 나라에는
오직 사랑만이 숨을 쉴 수 있습니다.

삶의 터전, 그 속에서

사람이 살아가는 곳곳마다
장밋빛 향기가 흘러나온다.

어디에 처해있건 무엇을 하건
형식은 허위일 뿐이고
진실은 사람 그 안에 있다.

우리가 있는 곳에
이상이 있고 사랑이 있고
생명이 숨을 쉰다.

지금 비록 뿌연 안개 속의 인생길에서
지치고 병든 몸일지라도

내가 아니면 채울 수 없는 빈자리

그 절대를 생각한다.

별은 소리 없이 떴다가 소리 없이 지지만
숲은 말없이 우리 곁에 서 있지만

나로 인해 새로운 삶의 터전
잃어버린 나를 찾는다.

자꾸만 삶이 작게만 느껴질 때
나로 인해 더욱 아름다운
자연을 쳐다본다.

내가 아니면 볼 수 없는 산하
내가 없으면 의미 없는 별들

오늘 나는 그 별을 안고 서 있다.
지극히 아름다운 삶의 터전, 그 속에서

우리가 선 이 자리에선 소망이

살아 숨 쉬고 있습니다.
아름다운 대지의 공기를 흠씬 마시며
의연하게 서 있습니다.

새벽하늘에는 계명성이 떠 있어
어둠 속을 반짝거리며 지켜갑니다.
우리 인생의 보호자인 양.

우리가 선 이 자리에선
뜨거운 소망이 솟아오릅니다.
순수한 정열, 간절한 희망이
평화와 행복을 위해 노래합니다.

빛과 어둠을 갈라놓는 세상
참과 거짓이 혼재해버린 우리 곁에

정과 사랑으로 이해하자고 외치는
우리 모두의 꿈이 있습니다.

대지에서는 푸른 싹이
계절을 좇아 피어오르고

눌렸단 양심의 봉오리들이
소리도 없이 하나둘씩 일어섭니다.

내 주위를 돌아보고
더 큰 나를 위할 때
각 사람은 우리가 되고
소망의 띠는 우리를 묶어
희망과 정열의 땅으로 갑니다.

모두가 아름다운 곳
해맑은 웃음이 얼굴을 덮고
부드러운 말소리가 하늘을 누비는
우리가 선 이 자리에선 소망이

주님의 은혜로

내가 나인 것이 주님의 은혜입니다.

죄인으로 태어나
주님을 만난 것이 은혜입니다.

날 위해 흘리신 보혈이
주님의 사랑입니다.

죄를 씻기 위해
주님이 치른 사랑입니다.

지금 이렇게 살아가니
주님께 감사합니다.

영원한 나라를 꿈꾸며

기쁘게 사는 것이 주님께 드릴 감사입니다.

오늘 이 하루도 주님의 은혜로
이웃에게 이 사랑을 전합니다.

내가 만난 감사의 의미를
온 맘으로 영광 올립니다.

나 때문에 상처받아 아파한 사람들이 있다면, 그들의 마음을 어루만져 주고 싶습니다. 내가 무심코 내뱉은 말에 상처 입은 사람이 있다면 용서를 구하고 싶습니다.

또 내 도움과 따스한 관심이 필요한 사람들이 주위에 있었지만, 그것을 깨닫지 못한 채 분주히 지나치기도 했습니다. 그런 분께도 용서를 구하고 싶습니다.

십자가(十字架)

시뻘건 핏방울이
가슴으로 흘러내려

뜨거운 통곡으로
대지를 적시네.

아느냐 주님의 고통
구원하신 그 사랑

너와 나의 무거운 죄
피 흘려 씻기니

비로소 사는구나!
사랑하는 인간이여

십자가 등에 지고도
웃으시는 그 은혜

    아무리 힘들고 어려운 일이 닥치더라도 지킬 만한 가정이 있어야 그 사랑으로 하나님의 말씀을 지키며 올바른 가정을 이룰 수 있고, 고난과 역경을 이길 힘도 가정을 통해 얻을 수 있습니다. 이런 하나님의 가정은 사회 전체적으로 선한 영향력을 만들어 갑니다.

    가정은 우리가 어려움을 당할 때 최후의 보루가 되어야 합니다. 일에 지쳐 쓰러질 지경이라도 돌아갈 집이 있다면 그것으로 새 힘을 얻을 수 있습니다.

영원한 소망

인생의 봄에는 용수철 솟는 희망이 있다.
지칠 줄 모르고 줄기차게 피어나는 정열에
새로운 시대는 갈수록 좋아지는 것을.

소망으로 맺는 인생의 여름은
뜨거운 만큼 의미 깊은 노래가 있다.
무섭게 달려가는 따스한 고향

가을이 오면 아름다움이 시절을 좇아
이리저리 발걸음을 옮겨 다니며
우리에게 그리움을 심어준다.

이제 진지하고 영원한 소망을
겨울은 안으로 안으로 삭이며
우리와 함께 인생을 산다.

무지갯빛 소망

그날
무지개는 한껏 비가 쏟아진 후
저문 듯이 솟아왔다.

모두가
눈이 휘둥그레
작은 신비를 보고 있다.

그것이 꿈이 아니고
현실인 것에 고마워하고

내일은 더 밝은
해가 우리를 비출 것이다.

나의 기도

보이지 않는 곳에서도
마음의 진실을 찾게 하시고

어두움에서도 환한 빛을 느낄 수 있게
흔들리는 조그마한 마음을
안으로만 굳게 모으게 하시옵소서.

들리지 않는 곳에서도
새 삶의 소리를
가슴으로 느낄 수 있게 하시고

평화의 이야기를 나눌 수 있게
닫힌 마음의 문을
기쁜 소망으로 가득 차게 하소서.

우리의 어려운 걸음걸음마다
구름 기둥으로 인도하시고
불기둥으로 비치게 하시고

불의에 싸이지 않는 저 고향으로
우리의 힘찬 꿈이
한 걸음씩 가까이 나아가게 하시옵소서.

우리는 예수를 영접한 날에 개인적인 광복을 맞았습니다. 빛을 발견했습니다. 지옥의 어둠을 몰아낼 빛으로 오신 주님을 만났습니다. 영적 광복을 맞은 기쁨을 어둠 속에서 헤매는 이들과 나누고 싶습니다.

내 속의 나

나에게 보내는 그 수많은 질문 가운데
진실한 대답은 하나도 들을 수 없어

또 한 번 불러보지만
메아리는 허공만 때릴 뿐이다.

영원한 향수를 품고서
오늘을 살아가는 내 속의 나

깊은 한숨 서린 표정 속에도
더 깊은 사랑이 숨어 있나니
아름다운 수선화가 핀다.

등대를 지키는 등대지기
새벽을 깨우는 선구자처럼

이리저리 재서는 도달할 수 없는 본향
그리운 미지로 떠난다.

부닥치는 파도 속에 떠내려갈지라도
현실이야 고까짓 것 한순간인걸

자랑스레 역사를 산다.

깊은 갈등과 번민으로 우울할 때
은밀하게 들려오는 깊은 목소리

세상은 내게 모든 것을 맡기고
또한, 많은 것을 요구하지만

세월의 흐름 속에 작아진 나는
커다란 함성으로 지르는 내 속의 나에게
언제나 무거운 짐을 빚지고 있다.

나를 만나러 가는 길

말을 아끼고 싶습니다.
내 소중한 진실을 지키기 위해
안으로 삭여
조그맣게 영글어가는 말

조용함 속에 힘이 있습니다.
얄팍한 입이 아니라
뜨거운 가슴으로 부르는 노래

내 마음에서 자라는
사랑은
그것만으로도
대지를 녹일 수 있어야 합니다.

겨울바람

힘차게 불어오는 바람을 맞고도
오히려 안으로 새겨지는 진실

말은 아껴져야 합니다.
나를 가꾸는 사명으로
오늘을 살아갑니다.

그렇게 하루는 지나갑니다.

우리 민족은 하나님께서 도우신 덕분에 여기까지
왔습니다. 천지 만물을 주시고 소유하고 정복하며 다스
리라 축복하신 하나님, 타락한 인류를 살리려 독생자
예수를 보내서서 구원의 길을 열어주신 하나님, 그러하
신 하나님이 36년간 일제 치하 속에서 말도 잃고 이름
도 잃고 식민지 백성으로 살던 우리 민족에게 해방의
기쁨을 주셨습니다.

아름다운 동행(同行)

내가 걸어가는
쉼 없는 인생에서

내 꿈들이 현실에 무너지고
내 사랑이 일상에 좌절될 때

나는 나로 사는 것이 아니라
내 육체만 하루살이처럼
숨 쉴 뿐이다.

우리가 함께 만들어 가는 세상
그 아름다운 동행을 위해

이 현실을 꿈으로 풀고
이 일상을 사랑으로 살아갈 때

내 육체는 비록 매일 죽어도
나는 또한 매일 새 사람으로
부활할 뿐이다.

사랑하면 모든 문제가 풀립니다. 사랑하면 모든 것
이 아름답게 보입니다. 사랑하는 이가 말하는 소리를
듣고 싶고, 사랑하는 이가 원하는 것이라면 무엇이든
다 해 주고 싶습니다. 내게 사랑을 고백한 글이라면 수
십 번을 읽어도 좋습니다. 사랑하는 이를 생각만 해도
웃음이 나오고, 온종일 보고도 또 보고 싶습니다. 그 사랑
이 우리 인생을 행복하게 합니다.

메아리 없는 울부짖음

깨어 기도하는 이가
진정 원하는 것은 무엇인가?

세계평화
인류 행복
말로 외치는 것이
과연 진실의 수호일 수 있는가?

듣는 이 없이 외치는 소리
참여를 촉구하는
그 뒤에는 무엇이 담겨 있는가?

누군가 시작해야 한다는 당위(當爲)로
몇 사람이 지르는 고함
역사는 소수의 창조적 지식인에 의해

이뤄진다는데

진리 안에서 하나를 말하는
진리는 무엇인가?

지금의 나 된 것은 모두 주님의 은혜입니다. 내 모습을 이대로 받으시는 주님 때문에 감사합니다. 내가 약하고, 힘없고, 병들고, 의지할 곳 없을 때 나를 안아 주시고 길과 진리가 되셔서 지금까지 인도해 주신 주님께 감사하지 않을 수 없습니다. 나를 부하게도, 가난하게도 하지 않으시고 예수 믿을 수 있는 지금의 나로 만들어 주신 것에 감사가 밀려옵니다.

시간의 의미

내게 다가오는 시간은
희망으로 춤을 추며 휘파람 부는데
조그맣게 꺼져가는 지나 가버린 추억

의미로도 그려볼 수가 없어
눈물로 아파해도
하늘을 적시는 어둠
시간은 서럽게 울며 지샌다.

내가 선택한 그였지만
나로 인해 변해버린 그 안의 나
이제 다시 시작해 꺼진 바람 피우려
이 밤도 해바라기 맴을 돈다.

누구에게 하소연할까?
누가 들어줄까?

침묵을 알아버린 그에게
죽음을 뛰어넘는 의지로
이제 가련다, 나의 길을

시간이 가르쳐 준 삶
내 삶에 이르는 지나쳐버린 시간
의미로 부활한 그에게
내 노래를 전한다.

조용히 거리를 걸어간다.
시간도 따라서 말이 없다.
허깨비 쫓아 달려온 세월이 무서워
이제 내 안으로 가는 걸음
내가 그 걸음을 듣는다.

무엇이 되기보다는
어떻게 하루를 살아갈 것인가?
선한 가치를 내 주변에서부터
이름 없이 빛도 없이 찾아가는 시간
그 시간마저 잊을 것이다.

그 바다로 가자

꿈이 퍼렇게 살아 뛰어다니는
그 물결 위에
내 뜨거운 마음을 던져
헤엄쳐 부활하자.
어서 가보자.

자연만이 아름답기에
인간을 잃어버린 하늘을 베개 삼아
식어가는 푸름을 삼키고
커다란 햇무리로 어우러지는
멀어져 가는 그곳
바다로 달려가자.

새가 운다.
고향의 울부짖음이 고기와 맴돌며

이제는 오겠지 노래하는
내 본연의 마음 터
그리움이 깊어가는 바다
그 시원(始原)의 골짜기에
한스러운 몸을 던져
그 바다로 뛰어가자.

새로움이 솟아 나오는 흰 물결.
태양과 달이 지어주는
아름다운 자랑
꿈이 익어가는 그 바다로 가자.

지금 내가 가진 것으로 감사하면 행복합니다. 걱
정할 일이 생기더라도 기도를 들으시고 가장 좋을 때
가장 좋은 방법으로 해결해 주실 하나님이 계신다는
믿음이 있기에 행복합니다.
내 힘으로 세상을 살아가려고 하면 힘들지만, 나를
책임져 주시는 하나님으로 말미암아 감사하며 살 수
있습니다.

더욱 본질적인 가치(價値)

무엇이 되고자 하는 사람보다
어떻게 사는 사람이 될 것인가?

내 인생의 가치관을, 꿈을
거기에 두어야 한다.
너무도 창창한 인생(人生)
무언가가 되기에는 너무도 큰 현재(現在)

다양한 가치가 지배하는
다양한 사람이 되어
더욱 본질적인 가치
어떻게 사는 사람이 될 것인가?

말이 앞서는 사람이 많다.
그때 그 사람은 어떤 생각으로

그런 말을 한 것인가?

내가 그 사람이 되지 못할 것
그것으로 이해하자.

시간과 상황이 변해가면
생각도 변해가기 마련
너무도 다양한 사회
나를 획일적으로 규정하지는 말자.

내 모습을 늘 가꾸어 나가자.
어제보다 나은 사람
아니 어제와는 다른 사람

무엇이 낫다는
가치판단은 이제 보류하자.

더욱 본질적인 가치
어떻게 사는 사람이 될 것인가?

즐거운 여행길

생활에 자신을 잃어가게 되어
무언가 즐거운 일을 찾고자 한다.
자꾸 뭔가 새로운 것을 찾지만
욕망의 한계는 없어
그저 찰나적 환영만 하게 된다.

내 마음을 찾고 싶다.
보여줄 수 없는,
잡을 수도 없는 그 작은 실체를.

규정하는 잘못은 그만두고
그저 긍정의 눈으로 사물을 보자.
모두 착한 이웃이라 여기자
그저 긍정의 눈으로 사물을 보자.
모두 착한 이웃이라 여기자.

내가 먼저 착한 이웃이 되어
조금 손해를 볼 것이다.

그때는 푸른 하늘을 쳐다보고
이미 하늘로 가버린 사람들을 떠올리자.

변해가는 세계에서 영원한 것은
지금 내가 그와 함께한다는 것.
이해하려고 노력도 말자.
내가 그가 되고, 다시 나를 보아야 한다.

생활에 자신이 생기지 않아
먼 미래를 그릴 수 없다고 좌절하지 말자.
오늘 내게 주어진 길을
기쁨으로 성실하게 채워갈 때
작은 날들이 모여
인생(人生)의 강은 흐르게 된다.

이리저리 자갈길을 헤쳐서
망망한 바닷속에 안주한다.
그 여행길을 즐길 일이다.

만나는 자갈들과
짧지만 대화도 나누고
서로 노래도 부르고

자신이라는 단어를
그 규정을 버리자.
지금 선 모습으로 만족하고 걷자.

나를 최고의 작품으로 만드시고 누가 뭐라 해도 너는 나의 자녀라고 부르시며 기쁨으로 즐거워하시는 하나님으로 말미암아 나는 사는 것이 즐겁습니다. 내가 헐벗어도, 못 먹어도, 불구가 되어도, 다치더라도, 남에게 손가락질당해도, 전능하신 하나님께서 나와 함께 하시고, 나를 기뻐하시고, 나를 잠잠히 사랑하신다는 사실에 나는 무척이나 살맛이 납니다.

끝없이 가는 마음

마음이 돌아오기를 빕니다.
어디로 갔을까요?
본시 없는 것인데.

눈을 감고 누군가를 떠올립니다.
무엇을 볼 수 있을까요?
이름할 수 없는 그대 전부

내가 눈을 감고
그대가 눈을 감고
무슨 선택이 필요합니까?

욕심이 무엇입니까?
생사(生死)가 호흡 간인데
우리를 슬퍼합니다.

작은 천국

새벽공기를 마시며 길을 나선다.
희망찬 하루를 연다.

잠든 자를 뒤로하며 나온 걸음에
행여 작은 오만이라도 있으면 안 되리라.

그렇게도 밝은 날에
더 맑은 마음으로 맞는 하루

우리 가운데 이뤄지는
작은 천국

그 깊은 삶의 의미를 깨우며
만나는 이마다 즐거운 대화

웃는 얼굴로 보는 세상에서
기쁨을 찾으며
자잘한 아픔을 햇빛으로 녹인다.

이웃의 슬픔이 녹은 하늘
그 하늘을 우러르며
정성 어린 기원
나로 인해 누군가가 울지 않기를
나로 인해 누군가가 아프지 않기를

더 바랄 것 없는 행복에 겨워
옆 사람과 악수를 한다.

내가 만드는 행복이 진정인 것을
그 속에 작은 천국이 있다.

성경의 모든 주제는 예수님입니다. 천국으로 인도하
는 내비게이션도 예수님입니다. 모든 문제는 예수님으로
만 풀 수 있습니다.

기도를 심으세요

만민의 기도하는 집에서
기도할 때
무엇이든지 믿고
구하는 것은 다 받으리라

시험에 들지 않게 깨어 기도하라
마음에는 원이로되 육신이 약하구나

기도 외에
다른 것으로는 능력이 나갈 수 없으니
아무것도 염려하지 말고
오직 모든 일에 기도와 간구로
너희 구할 것을 감사함으로 주께 아뢰라

기도를 항상 힘쓰고

기도에 감사함으로 깨어 있으라
만물의 마지막이 가까웠으니
정신을 차리고 근신하여 기도하라

향연이 성도의 기도와 함께
천사의 손으로부터
하나님 앞으로 올라가는구나

나를 최고의 걸작으로 만드시고 어떤 처지에서도
나를 사랑하시는 하나님, 나로 인하여 즐거워하시는
하나님으로 말미암아 나는 오히려 몸 둘 바 모르게 행
복합니다. 그래서 나는 오늘도 하나님으로 인해 욕심을
버립니다.

봄비

봄비가 내리면
새로운 싹이 웃으며 자라고
멋진 꽃이 피어나고
예쁜 새가 노래하네

봄비가 내리면
모두 기분이 좋아
창문을 열고
그리운 바람을 맞이하네

봄비가 내리면
당신도 나와 함께
작은 우산을 들고
산책을 합시다

봄비는
우리에게
희망과 생명을 주는
주님의 선물이야

매서운 겨울 추위가 지나고 꽃샘추위가 봄소식을 기다리는 사람들을 애태우더니 이제 정말 만물이 소생하는 완연한 봄이다. 광양시 매화 소식에 이어 구례군에는 산수유가 활짝 피었다고 상춘객을 유혹한다. 벚꽃 마을에서는 개화시기에 맞춰 다채로운 축제를 준비한다. 주위에는 히아신스 향기가 코를 찌르고 먼 산에 진달래꽃도 수줍은 자태를 선보인다. 이 모든 것이 겨울이라는 혹독한 추위를 견디고 소생(蘇生)한 것이기에 더 큰 감동으로 다가온다. 봄이 왔다고 비가 내린다.

언제나 봄

하나님이 주신 독생자
세상을 사랑하사
값없이 선물로 주신
구세주 예수

믿음으로 구원 받아
멸망치 않고
영생을 얻었으니

더운 여름에도 봄
추운 겨울에도 봄

끝없는 마귀의 유혹
세상의 속삭임에
이기라고 은혜로 주신

보혜사 성령

예수 이름으로 기도해
죄 사함 받고
천국 갈 수 있으니

힘들어도 봄
어려워도 봄

하나님께서는 천지 만물을 창조하여 인간에게 다 주셨고, 죄를 범한 후에도 인류에게 독생자 예수 그리스도를 보내서서 인간의 죄와 저주를 대신 담당하시고 십자가에 못 박혀 죽게 하시어 우리를 죄와 저주에서 구원하여 주셨다. 이런 놀라운 하나님의 은혜를 알기에, 우리 기독교인은 하나님 외에 다른 어떤 신에게 우상숭배 하거나 제사하는 것을 절대적으로 피한다.

기도하네

허다한 죄를 덮어주고 싶네
사랑으로

내 안에 사랑을 주소서
기도하네

선한 청지기같이 섬기고 싶네
사랑으로

내 안에 사랑을 주소서
기도하네

기도해야 하나님 주신 힘으로
영혼을 섬길 수 있네

기도해야 주님 주신 달란트를
잘 사용할 수 있네

기도는 생명의 호흡
내가 사는 길

기도는 회개의 통로
깨끗하게 되는 길

기도는 소망의 깃발
천국으로 인도해

기도는 믿음의 능력
우리 승리하리라

지금은 견딜 수 없이 힘들지라도 영원한 천국을 바라보며 사는 것이 가치 있는 삶입니다. 우리가 가치 있는 삶을 살려면 육신을 입고 사는 현재에 급급할 것이 아니라 영원히 사는 영혼의 때를 염두에 두고 하나님의 말씀대로 살아야 합니다.

기도하니

살다보면 혼자인데
기도하니 하나님이 함께 하셨네

살다보면 가진 것 하나 없는데
기도하니 저 천국이 나의 것이네

살다보면 아프기만 한데
기도하니 어느덧 마음에 평안이 넘치네

살다보면 사방이 막혀 있는데
기도하니 하늘 문이 활짝 열려 있네

살다보면 살 길이 막막한데
기도하니 일용할 생활이 넘치네

살다 보면 내가 한 것 같은데
돌아보니 모든 것을 주님이 하셨네

오, 주여! 그저 감사합니다

모태신앙으로 어려서부터 신앙생활 한 사람도 있고, 젊어서, 나이 들어서, 여러 환경에서 각기 다양하게 신앙의 길을 걷는 사람들이 있습니다.

일찍 온 이든 나중에 온 이든 천국으로 가는 길은 같습니다.

늦은 오후 시간일지라도 나를 버리지 않고 불러서 내게 하루 먹을 양식을 준 주인에게 감사합니다. 내 힘으로는 일거리를 얻을 수 없는데, 다른 사람들은 나를 뽑아 주지 않았는데, 내 모습으로는 주님 앞에 나아갈 수 없는데, 내 사정 아시고 아들 예수 그리스도를 보내서서 내 죄를 담당하고 죽게 하셔서 구원해 주신 주님 앞에 감사뿐입니다.

성령이 임하시면

모친 마리아가 요셉과 정혼하고
동거하기 전에 성령으로 잉태된 뒤

때가 차매 예수께서 침례를 받으시고
곧 물에서 올라 오실 쌔
하늘이 열리고 하나님의 성령이
비둘기 같이 내려 예수 위에 임했네

성령에게 이끌리어
마귀에게 시험을 받으러 광야로 가서

사십일 동안 성령에게 이끌리시며
시험을 이기시고

하나님의 성령을 힘입어 귀신을 쫓아내며

하나님의 나라를 선포했네

보혜사
곧 아버지께서 내 이름으로 보내실 성령
그가 너희에게 모든 것을 가르치시고
내가 너희에게 말한 모든 것을
생각나게 하시리라

오직 성령이 너희에게 임하시면
너희가 권능을 받고
예루살렘과 온 유대와 사마리아와
땅 끝까지 이르러
내 증인이 되리라

삶이라는 터널을 지나 보면 삶이 얼마나 소중한지
느낍니다. 달란트를 땅에 묻은 채 멋대로 살아온 인생
을 돌아보면 후회뿐입니다. 자기 달란트를 찾아야 합
니다. 자기 달란트를 알아야 합니다.

십자가로 주신 화목

십자가에 못 박은 이 예수를
하나님이
주와 그리스도가 되게 하셨느니라

예수께서 제자들에게 이르시되
아무든지 나를 따라 오려거든
자기를 부인하고 자기 십자가를 지고
나를 좇을 것이니라

누구든지 자기 십자가를 지고
예수를 좇지 않는 자도
능히 제자가 되지 못하리라

내가 그리스도와 함께
십자가에 못 박혔나니

그런즉 이제는 내가 산 것이 아니요
오직 내 안에 그리스도께서 사신 것이라

이제 내가 육체 가운데 사는 것은
나를 사랑하사
나를 위하여 자기 몸을 버리신
하나님의 아들을 믿는 믿음 안에서
사는 것이라

십자가의 도가 멸망하는 자들에게는
미련한 것이요
구원을 얻는 우리에게는
하나님의 능력이라

우리 주 예수 그리스도의 십자가 외에
결코 자랑할 것이 없으니

십자가의 피로 화평을 이루사
만물 곧 땅과 하늘에 있는 것들을
예수로 말미암아
하나님과 화목케 되기를 기뻐하심이라

용서해야

사람의 과실을 용서하면
천부께서도 과실을 용서하시리라

사람의 과실을 용서하지 아니하면
아버지께서도 과실을 용서하지 아니하신다

내게 죄를 범하면 몇 번이나
용서하여 주리이까

일흔번씩 일곱 번이라도 용서할지니라

중심으로 형제를 용서하지 아니하면
천부께서도 이와같이 하시리라

용서하라

그리하면 용서를 받을 것이요

회개하거든 용서하라

피차 용서하되 주께서 용서하신 것과 같이
그리하라

　　신앙생활은 하나님 말씀을 따라 가정을 이루고 이
땅에서 예수님의 십자가 피의 공로로 자신의 잘못을
회개하고 천국 가는 믿음의 생활입니다.
　　우리 자신의 잘못은 회개하고, 상대의 잘못은 용서
해야 예수님 말씀을 이루고 천국 갈 수 있습니다. 주님은
우리에게 성경 말씀을 통해 용서할 것을 거듭 당부하십
니다.

사랑으로

너희 모든 일을 사랑으로 행하라
오직 사랑으로 서로 종노릇하라

그리스도 예수 안에 있는 믿음과 사랑으로
바른 말을 본받아 지키라

성령으로 말미암아 부탁한
아름다운 것을 지키라

우리가 행할 바 모든 일에
사랑으로 간구하고
사랑으로 행하고
사랑으로 이루자

본향을 찾는 나그네

나그네와 행인 같은 우리
영혼을 거스려 싸우는
육체의 정욕을 제어해야

수많은 원수들이 유혹해도
반드시 이기고 가야 할 본향

마귀의 유혹으로 편히 쉴 곳 없는 나그네여
영원한 나라, 아버지의 집
본향을 찾아가자

우리는 모두 나그네
주님 대하듯 나그네를 대접하자

본향을 찾아 가는 우린 나그네

성령을 힘입어라

하나님의 성령을 힘입어
귀신을 쫓아내는 것이면
하나님의 나라가 이미
임하였느니라

사람들이 너희를 끌어다가 넘겨줄 때에
무슨 말을 할까 미리 염려치 말라
말하는 이는 성령이시니라

성령이 네게 임하시고
지극히 높으신 이의 능력이 덮으시리니
나실바 거룩한 자는
하나님의 아들이라 일컬으리라

주의 성령이 임하셨으니

이는 가난한 자에게 복음을 전하게 하고
포로 된 자에게 자유를,
눈먼 자에게 다시 보게 함을 전파하며
눌린 자를 자유케 하고
주의 은혜의 해를 전파하게 하려 하심이라

마땅히 할 말을
성령이 곧 그 때에 가르치시리라

기도하고 성령 충만해야 우리를 신앙에서 떼어 놓
으려는 마귀를 대적할 수 있습니다. 육신의 소욕 탓에
일어나는 매일매일의 죄를 기도로 회개하고 지금 죽어
도 천국 갈 믿음의 사람으로 나를 만들어야 합니다.

본향을 향하여

저희가 더 나은 본향을 사모하니
곧 하늘에 있는 것이라

육신을 입고 태어났지만
코에 생기를 넣어 생령이 되었으니

육신을 벗고 죽어서
생기의 본향을 찾아 가야한다

죄로 더러워진 이 몸을
예수님의 거룩한 피로 씻고

세마포입고 신부되어 본향을 향하여
걸어가는 인생길
우리의 갈 길이구나

선한 목자

양들을 위해 목숨을 버리는
선한 목자

양을 알고 양도 아는
선한 목자

주님은 선한 목자로 오셨습니다
우리 죄를 짊어지고 죽으러 오셨습니다

우리의 죽을 사정을 알고
우리도 죽으러 오신 주님을 알았으니

선한 목자를 환영합니다
내 안에 모십니다
경배를 드립니다

구원(救援)

아들을 낳으리니 이름을 예수라 하라
자기 백성을 저희 죄에서
구원할 자이심이라

예수께서 가라사대
딸아 안심하라
네 믿음이 너를 구원하였다 하시니
여자가 그 시로 구원을 받으니라

내 이름을 인하여
모든 사람에게 미움을 받을 것이나
나중까지 견디는 자는 구원을 얻으리라

예수께서 이르시되
네 믿음이 너를 구원하였느니라 하시니

저가 곧 보게 되어 예수를 길에서 좇으니라

믿고 침례를 받는 사람은
구원을 얻을 것이요
믿지 않는 사람은 정죄를 받으리라

죄 아래 살다 지옥에서 영원히 고통받을 인류를 구
원하시려고 하나님께서는 독생자 예수를 이 땅에 보
내셔서 십자가에 매달아 죽이기까지 하셨습니다. 하
나뿐인 아들을 내어 주시기까지 은혜를 베풀어 주셨으
니 구원받은 자들은 항상 기뻐해야 합니다. 무엇에든
지 감사해야 합니다. 좋은 일은 물론이고 나쁜 일에도
내가 모르는 하나님의 섭리가 있음을 알고 감사하는
자에게 하나님의 축복이 임합니다.

죄(罪) 사함

침상에 누운 중풍병자를
사람들이 데리고 오거늘
예수께서 저희의 믿음을 보시고
중풍병자에게 이르시되
소자야 안심하라
네 죄 사함을 받았느니라

십자가에 달리사
죄 사함을 얻게 하려고
많은 사람을 위하여
예수의 피 곧 언약의 피를 흘리니라

주의 백성에게
그 죄 사함으로 말미암는 구원을
알게 하리니

회개하여
예수 그리스도의 이름으로 침례를 받고
죄 사함을 얻으라

예수를 믿는 사람들이
다 그 이름을 힘입어
죄 사함을 받았느니라

우리가 예수 그리스도 안에서
은혜의 풍성함을 따라
피로 말미암아
구속 곧 죄 사함을 받았으니

하나님의 아들 예수 안에서
우리가 구속 곧 죄 사함을 얻었도다

이제 영원한 나라에 들어갈
권세를 얻었도다

오늘 하루

내게 주신 하루가
나를 만듭니다

주어진 날을 감사하며
살아야 합니다

언제 데려가도
할말없는 죄인이기에

오늘 하루도 회개의 기도로
마감합니다

그런 하루가 모여
내 인생이 됩니다

포도원의 품삯

품군을 얻으려고
주인이 저자에 나왔습니다

아침부터 일한 사람도
낮부터 일한 사람도
저녁부터 일한 사람도
계약대로 모두 하루 일당을 받았습니다

우리에게 필요한 것은
하루 일당입니다
하루 먹고 살 양식입니다

누구나 하루 일당이 필요합니다
초라한 나는 저녁이 되어서야
간신히 일거리를 얻은 자입니다

청지기

때를 따라 양식을 나눠 줄
청지기가 되어라

주님이 기뻐하는
청지기가 되어라

지혜롭고 진실한
청지기가 되어라

주님이 주신 귀한 직분 청지기

나는 이 세상에 그렇게 왔습니다

주님 뜻대로
선한 청지기로 살겠습니다

〖 진달래 출판사 간행목록 〗

시집
- 김화숙 : 낯설고도 익숙한
- 탁경숙 : 여 다윗 탁 대장의 일상 속 행복 찾기
- 최태안 : 번제
- 조영황 : 두 손 들고, 고백하지 못한 사랑
- 임경옥 : 시카고 들꽃
- 오태영 : 그리운 노래는 가슴에 묻고
- 오석원 : 코로나19 시대 은퇴한 시골 노인의
　　　　　　봄, 여름, 가을, 겨울 이야기(세트),
　　　　　귀농시인의 희수를 맞아

수필집
- 오태영 : 주 안에서 누리는 행복,
　　　　　인생2막 가치와 보람을 찾아
- 임경옥 : 시카고 억새꽃
- 김철수 : 그냥 이야기

- 오석원 : 자연과 함께 엮어가는 삶
- 오연자 : 중국 드라마에 빠져서,
          일본 드라마에 빠져서
- 김영명 : 소아과 진료실에서
- 김석 : 언제까지 돈의 노예로 살 것인가
- 김재수 : 선장 김재수 인생 항해록
- 이용곤 : 어디에나 진리는 있다,
          어디에나 길은 있다